요코씨의 "말"
하하하, 내 마음이지

YOKOSAN NO "KOTOBA"

by Sano Yoko, Kitamura Yuka

사노 요코
기타무라 유카 그림
김수현 옮김

요코씨의 "말" 0
하하하, 내마음이지

ヨーコさんの"言葉"

민음사

차
례
—

재능인가 봐

아이를 수영교실에
데려간 적이 있다.

나는 유리 너머로
세 살에서 일곱 살 남짓 되는
벌거숭이 아이들을 구경했다.
다 처음 수영을 배우러 온 아이들이었다.

신이 난 아이도

우는 아이도 있었다.

다 같이 똑같은 동작을 시켰다.
당연한 이야기지만 첫날은
하루라도 빨리 태어난 아이가
더 잘 따라 했다.

하지만
두 번째 세 번째가 되자
확연히 눈에 보이더라.

★ 수영교실 출결 카드 /
8월 / 화 수 목 금 토 일

나이는 더 이상 상관없었다.
물에 대한 적응력이 달랐다.
요령을 터득하는 속도가 달랐다.
나아가 동작이 얼마나 예쁜지가 달랐다.

2, 30명이 있으면,
출중하게 재능 있는 아이가
한 명 있는 것이다.

개중에는 힘을 믿고
막무가내로 발버둥 치는 사내아이도 있지만
튀어 오르는 물이 반란을 일으키며
심술을 부린다.

열심히 하는 모습이
눈물을 자아내지만,
동작이 예쁘다고는
말하기 어렵다.

2, 30명이 있으면
유난히 재능 없는 아이가
한두 명 있는 건가 보다.

두 특별함과 특별함 사이에
평범함이 와글와글
집단을 이룬다.

그리고 평범함은 차근차근
평범한 노력을 해서
가까스로 평균이라는 선에
턱걸이를 한다.

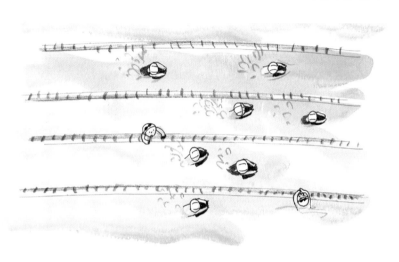

평범함은 평범함과 경쟁해
그 속에서 기쁨과 슬픔을 경험하며
살아가는 것이다.

나는 그것을 보고
슬픈 마음이 들었다.
이제 영어 공부는 그만둬야지.

생각해 보면 중학교부터 10년 동안
학교에서 영어를 배웠다.

그리고 그 뒤 미국의 철학자이자
블루스 노래를 하는
훌륭한 교사에게 가서

18

맹하니 입을 벌리고 있었다.

더 기초부터 해야겠다고,
동네 영어 회화 학원에 등록했지만
3개월밖에 안 되어
학원이 망했다.

그래도 포기할 수 없었던 나는
영어 공부를 하겠노라 발작을 일으켜
남들에게 말도 못할 많은
교사를 뒀다.

옛날에 밀라노 역 앞에서
이상한 이탈리아인이
유창한 일본어로 말을 걸어 왔다.

그는 7개 국어를
3개월 만에 마스터할 거라고 했다.
"나는 어학에 재능이 있거든."

"오늘밤 영화 어때?"
"마음이 내키거든."
　내가 작별을 고하자,

　　　　이상한 이탈리아 남자는 등 뒤에서
　　　　"여자 마음은 갈대"라고
　　　　일본어로 외쳤다.
　　　　재능인가 보다.
　　　　일본어를 공부한 지 20일이랬다.

나도 다소는 노력을 했다.
하지만 나는 유난히
재능이 없는 사람이었나 보다.

나는 수영장 유리 너머로
요란하게 물을 튀겨 가며
죽을상을 하고 있는 사내아이에게

한두 가지 특별한 재능이야
없으면 뭐 어떻겠니.
서너 가지 평범함에
따라갈 수 있으면 되지, 하고
보이지 않는 메시지를 보냈다.

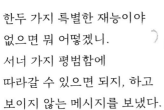

할 수 있습니다

텔레비전에서
성형 실험 프로그램이 나오면
나는 시선이 고정된 채
화면에서 눈을 떼지 못한다.

내 생각에는 지금도
귀여운 것 같은 사람도

다들
눈에 쌍꺼풀을 만들고,

각진 턱이
의지가 강한 인상을 줘서
개성적이어 보이는
사람도,

그 턱을
깎아 버린다.

나는 언제나
충격을 받는다.

못생겨도 쾌활하게
남들 눈을 똑바로 봐 가며
살아온 나.

"못생겼으니 이쪽 보지도 마."
 소리를 들어도,
"거울이나 보고 얘기하시지!" 하고
 받아쳐 주던 나.

수술 후에는 다들 애매하고
비슷한 얼굴이 된다.
아아, 세상이 밋밋해진다.

요철이 있고 그래야 비로소
세상살이라고 생각하는데 말이다.
마음에 안 들어.

주름, 쳐짐, 기미가
꽃핀 노인이 되고
마음이 탁 놓였다.

이제 아무렴 어때, 새삼스레
남자를 홀려야 하는 싸움터에
나갈 것도 아닌데.

세상살이를 끄트머리에서
지켜보기만 하면 된다니
이 얼마나 행복하고 편안한 일인가.
노년이란
신께서 내린 평안인 것이다.

그렇게 생각했는데, 나왔다.
예순네 살 먹은 여자가.
젊음을 되찾아 다시 한 번
연애를 하고 싶다는 여자가.

성형 후 아주머니가
빛 속에서 나타났다.

"스스로는 본인을
몇 살이라고 생각합니까."
"쉰 살이요."
"그렇다면 사랑은."

아주머니는 목소리도 성형한 것처럼,
"할 수 있습니다." 하고
씩씩하게 대답했다.
목소리도 어쩐지 요염하다.

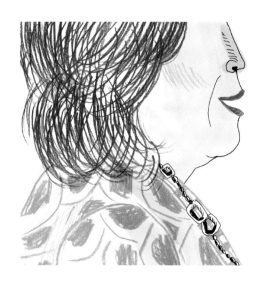

"가장 기쁜 건,
허리와 무릎 아픈 게
없어졌다는 겁니다."
스스로를 쉰 살이라고 생각하니
허리도 무릎도 쉰 살 적 같다니
인체는 신비하다.

나는 그 후 아주머니를
밀착 취재 해 보자고 생각한다.

미망인인 카오루는
몸매 관리 잘 한
환갑이 가까운 친구이다.

같은 고령 싱글 여자라도
카오루가 전체적으로 여성스럽다.
지금도 한창때다.

그러고 보면
카오루는
아직 등산을 한댔다.

당연히 등산 친구가 있고,
등산하는 날은 당연히
배웅이 있고, 마중이 있고,

골프 친구도 있는 게 당연……
당연하다……. 그래서 카오루는
허리나 무릎 아픈 것도 잊는다.

역시 젊음이란
이성에 대해 한창때라는 데에서
비롯되는 걸까.

우리 사회는
죽을 때까지 한창때를 외치며
매스 게임을 하고 있는 것 같은
기분이 든다.

활기찬 노후라느니
생기 넘치는 고령자라느니 하는
말이 인쇄되어 있는 걸 보면
막 짜증이 나더라.

왜 이 나이가 되어서까지
경쟁 라인에 끼어야 하는데?
우린 나이 먹어 진이 빠졌다고.

아니면 진이 빠지는 노인과
그렇지 않은 노인이
따로 있는 걸까.

진이 빠진 사람은
당당히 진이 빠진 채로 있고 싶다.

하하하,
내 마음이지

저는
잘 몰라요.
잘 모르지만
저는 "정의"라는 게
질색이에요.

그게 오른쪽이든 왼쪽이든
위든 아래든
비스듬하든 전부 다요.

★ 일본 개혁 / 밝은 일본 / ○△의원 선거 〈전국구〉□×당 후보 / 스즈키○○

하지만 그걸 직접
말로 하기는
무서워요.
들키면
정의를 외치는 사람들이
죽자고 달려들 것 같아서

나 혼자만은 악착같이
살아남고 싶은 저는
정의를 외치는 사람들 모르게
숨어 살고 싶다고 생각해요.

★ 이제는 바꾸자

옛날에
아이가 보육원에 다닐 적에
미니스커트가 유행해서

저는 아슬아슬한
미니스커트를 입고
아이를 차에 태워
보육원에 데려갔어요.

그랬다가 혁신적이고 사회주의적인
정치사상을 가진
같은 학부모로부터
규탄을 받았답니다.

미니스커트,
매니큐어,
차도 글렀어.

너무 무서웠어요. 아마도
개인적인 선이 아니라 여럿이어서
무서웠나 봐요.

차도 튀는 노란색.
좀 평범한 색으로 하지 않고."
하는 소리를 들었을 때는

숙모에게
"요코, 나이도 그만큼 먹고
아이도 있으면서
엉덩이 딱 붙는 옷이 뭐니.

"하하하, 내 마음이지.
누구 피해라도 준대?"
하고 웃었답니다.

듣는 말은 똑같았는데
어째서 이때는
"하하하, 내 마음이지."라고
대답할 수 있었던 걸까요.

저는 언제나
"하하하, 내 마음이지."라고
말하고 싶어요.

이렇듯이
저는 아무것도 모르는 바보지만,

어떤 일이 있어도
전쟁에서 젊은 청년들을 죽여서는 안 된다고,
또 그들이 죽임을 당해서도 안 된다고 생각합니다.

★ 지금 현재 공중 폭격 중

하지만
그것을 위해 무엇을 하고 있느냐고 묻는다면
딱히 아무것도 하고 있지 않아요.

아무것도 하고 있지 않지만, 절대로
옛날 국방 부인회 같은 쪽의 편에 서지 않겠다,
아와야 노리코가 되겠노라고
굳게 다짐하고 있어요.

★ 대일본 국방 부인회 / 사치는 금물

가위를 가지고
남의 소맷자락을 자르고
파마한 머리를 자르고
화장도 탄압하던 시절,

아와야 노리코는
번쩍번쩍한 화장과
화려한 드레스로

경박하게 꾸미기를
포기하지 않았다고
합니다.

대단한 용기라고 생각해요.
생각만 해도
가슴이 쿵쾅거릴 만큼
용기가 필요한 일이라고요.

저는 일반 대중입니다.
저는 일반 대중이
가장 무서운 존재라고 생각해요.

그 일반 대중 속에서 시종일관
아와야 노리코로 있자, 죽을 때까지
변치 않는 나 자신을 지켜 나가자,
하고 생각하면 용기가 솟아나요.

하지만 저는
고문이라도 당한다면

잠깐도 못 참고
적의 편으로 돌아누울 것
같아서 그 걱정에 잠이
오지 않아요.

무슨 주의든
나는 나라고
말할 수 있다면
좋을 텐데요.

★ 아와야 노리코 명곡집 / 베스트 앨범

큰 눈,
작은 눈

일곱 살 적
피카소의 그림을
본 적이 있다.
애들 그림이
아니었다.

애들다운 구석은
아무 데도 없고
정확한 데생과
정감에 혀를
내두르게 했다.

피카소에게는 어렸을 적이
없었나 보다고 생각했다.
날 적부터 천재적인
프로페셔널이었던 거라고.

염색과 방직을 하는
친구와 참가한

아이들과 함께
잉어 연을 만드는
어느 잡지의 기획이 있었다.

친구의 아들 둘과
우리 아이
셋이서 만들었다.

어른들은
잉어 모양 본을 떠서
아이들에게 건네주었다.

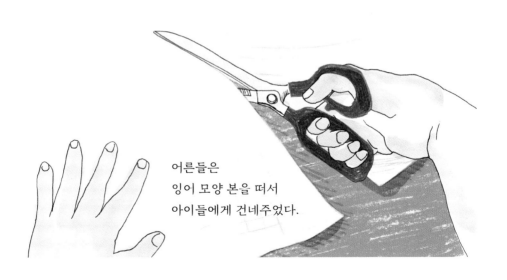

아이들은 신이 나서
두꺼운 붓에
원색 물감을 묻혀
닥치는 대로 칠해 댔다.

눈 깜짝할 사이에
열다섯 마리 남짓의
당장이라도 헤엄을 칠 듯
기운 넘치는
잉어 연이 태어났다.

가장 커다란 비단잉어와
검은 잉어를
어른 둘이 만들었는데

바보처럼 평범하니
꼼꼼하게 비늘 따위나
그려 놓았더라.

바닷가에 가서 사진을 찍었다.

넓은 하늘과 파란 바다 위에
스무 마리 가까운 잉어가
바람에 펄럭이는 모습이
감동적이었다.

가장 큰 검은 잉어와 비단잉어는
죽은 잉어 같았다. 두 어른 다
미술 학교를 나왔는데.

둘이서 "어쩐지 부끄럽다."
하고 얼굴이 빨개지기도,
"우리 애들 천재인가 봐."
하고 웃기도 했다.

33년이 지났다.
그 친구가
아사마산(山)이 보이는 고원에
옛날 민가를 옮겨 지었다.

200년이 넘은 시골집이
으리으리했다.

그리고
커다란 목련 나무가 있었다.

색이 연한 봄 하늘에
하얀 목련꽃이
만발했다.

친구가 33년 전 잉어 연을
밧줄을 매어 매달았다.
알록달록한,
독특한 기운이 가득한 잉어 연이
아사마산을 배경으로 헤엄쳤다.
마침 5월 5일이었다.

"역시 우리 애들,
그 시절엔 천재였나 봐."

기운차고 당당한,
그 어떤 비싼 잉어 연보다 근사한
우리 아이들의 잉어 연.

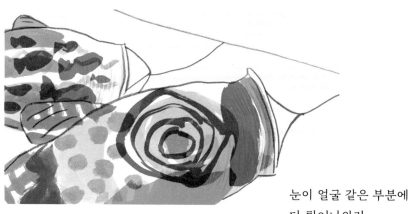

눈이 얼굴 같은 부분에
다 튀어나와라
그려져 있는가 싶으면
아예 눈이 없는 잉어도 있었다.
하나같이 익살스럽게 생겨서
웃음소리가 절로 나왔다.

"그 애들한테
 보여 주고 싶어라."
"벌써 머리가 벗어지기 시작했던걸."
 옛날에 천재였던 아이들은
 평범한 어른이 되어 버렸다.

나이 든 엄마들은
내년에도 그 잉어 연을 봐야지,
하고 생각했다.

그리고 알았다.
피카소는 날 때부터 성숙해
오히려 나이를 먹고 아이가 되고 싶었던
천재였던 거라고.

하느님은
위대해

"우리는 집에
딸이 둘인데요."
양복을 단정히 입은 남자가
나에게 말했다.

"한 살 터울로요.
위가 여섯 살이고
아래가 다섯 살.

어느 날 금붕어가 죽었는데
두 아이가 각자 무덤을 만들어 주겠다고
하더군요.

위의 아이는 보니까,
땅을 파고 파고
계속 파더라고요.

얼마나 깊이
파려고 그러느냐고 했더니,

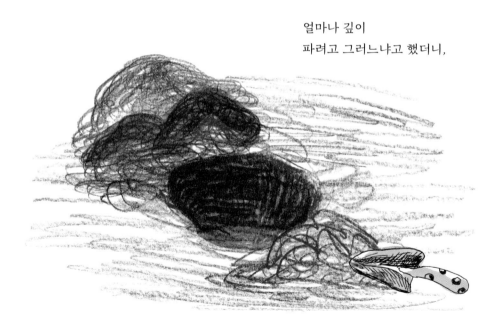

화를 내요.
고양이가 파헤쳐서
먹어 버리면 어쩌느냐고요.
옳거니, 생각이 깊구나
싶었답니다.

다음은 동생 아이를 봤는데
근처에 떨어진 낙엽을
척척 주워 모아 와서는,

그 위에 금붕어를 놓고
또 낙엽을 위에 몇 장 덮어
끝이 아니겠습니까.

저는 그만 화가 나서
언니를 보고 배워라,
게으름 피우지 말라고 꾸짖었지요.

그랬더니 동생 아이가,
그렇게 땅속 깊이 파묻어 버리면
힘들 거 아니에요,
어두워서 쓸쓸할 거 아니에요, 하고
울며 화를 내더군요.

이렇게 다를 수가 있구나, 싶어
신기했답니다."

세상은 다 그렇게
두 가지 타입으로
나뉘나 보다.

쓸데없이 성실하거나

남이 보기에
게으른 사람.

세계에 남자와 여자가 대략 반반씩
흩어져 살고 있는 것처럼
이 두 가지 타입이 적당히
나뉘어져 분포하고 있다.

밀라노에서 몇 년이나
룸메이트로 지냈던
화가 지망생 친구들,
테루와 아코.

방 절반은 돼지우리.
샌들이며 원피스를
벗은 대로 널어놓았고

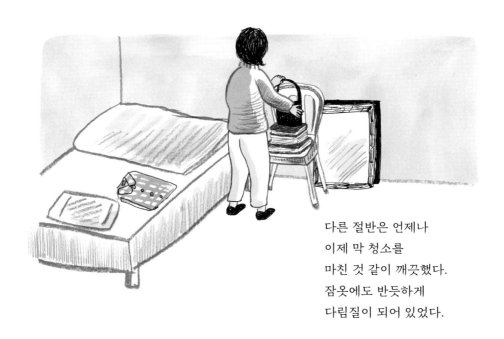

다른 절반은 언제나
이제 막 청소를
마친 것 같이 깨끗했다.
잠옷에도 반듯하게
다림질이 되어 있었다.

"테루, 내가 왜 네가 낚아 온 남자와
　데이트를 해야 하니?
　요전에 말했지,
　이번엔 정말 괜찮은 것 맞느냐고."

"이번만 좀 부탁해.
　안 그러니, 사노?
　인생이 다 그런 거 아니겠니."

"얘, 들어봐.
이게 벌써 여섯 번째야.
테루 남자 뒷감당하는 거."

"미안. 하지만
인생이 다 그런 거잖아."

나는 아코와 둘만 있을 때
"왜 테루랑 각각
　떨어져 살지 않아?" 하고 물었다.

그 애가 없으면
살아가는 데에 소소한 탄력 같은 게
없어져서 허전할 것 같아."

"나도 그러고 싶어.
　그런데 있지.

게으른 사람만 있거나
성실한 사람만 있다면
세상은 완벽해지지 않는다.

하느님은 위대해.

아, 이놈은 아빠가
닥스훈트예요

손바닥만 한 마당이 있는 집에
이사를 갔을 때, 동물병원 선생님이
시바견 잡종 강아지를 주셨다.

귀가 축 쳐진
오동통한 갈색 강아지였다.

강아지는 자랄수록 귀는 쫑긋 서고
언제나 어딘가 난처한 것 같은 표정의
얼굴 생김새가 되어 갔다.

몸통도 쭈우욱 길어졌다.
하지만 다리 길이는
받아 온 강아지 때
그대로였다.

개가 뛸 때마다
토관* 같은 몸통이
바닥에 끌릴 것 같았다.

★ 시멘트나 흙을 구워 만든 둥글고 큰 관

나는 이렇게
생긴 개를
처음 보았다.

나는 시바견 잡종이라던 동물병원에
따지고 싶었다.

★ ○○동물병원 / 진찰시간

하지만 주사를 맞히러 갔을 때,
선생님은 아무렇지 않은 듯,
"아, 이놈은 아빠가 닥스훈트예요."
라고 기쁜 목소리로 말했다.

그때는 이미
모모코라는
귀여운 이름도
지어 주었고,

★ 모모코

이미 무엇과도 바꿀 수 없는
소중한 가족이 되었기 때문에
새삼스레 뭐라고 할 수도
없는 노릇이었다.

봄이 오고
집 앞 논이 연밭이 되었다.

모모코는 연꽃에 떼를 짓는
벌들을 쫓아다니며
웃는 얼굴로 데굴데굴 굴렀다.

개는 웃지 않는다고들 하는데
모모코는 침을 흘리며
난처하게 생긴 얼굴 그대로
웃으며 연발을 굴러다녔다.

연발 한복판에서
등짝만 반쯤 내비치고
뛰어다니는 모모코는
어디로 봐도 시바견이었다.
나는 홀린 듯 쳐다보았다.

하지만 연발을 벗어나
길가로 올라오면
키우는 나도 멈칫했다.

아들이 저녁이 되어
산책을 데리고 나갔는데

혈통 좋은 개를 데리고
산책하던 예쁘장한 누나가
아들에게 이렇게 말했단다.

"우리 집 개는
족보 있는 개라서
모모코랑은 못 놀아."
우리는 큰 상처를 받았다.

우리는 개를 데리고 종종
드라이브를 갔다.

어느 가게에 들러 우리가 차에서 내리면
모모코는 창문으로 얼굴을 내밀고
침을 흘리며 기다렸다.

지나가던 사람들은
"와아, 시바견이네.
귀여워라." 하다가

우리가 소변을 보게 하려고
개를 밖에 내려 주면
사람들은 모모코의 다리와
우리 얼굴을 번갈아 보고

깔깔 웃음을 터트렸다.
그런 남들 눈에도
익숙해진 채로

몇 년이라는 시간이 지났다.
우리도 그 짧은 다리가 받치는
모모코라는 존재에게 더 많은 정을 쏟아 왔다.

모모코는 어엿한 개다.
나는 요즘 길가에서
다른 개를 보면 놀란다.

다리가 너무 길기 때문이다.
너무 길어서 보기 흉할 정도다.

"저 다리 좀 봐,
　비실비실하니, 가엾기도 하지."
"별로야, 개가 아닌 것 같아."

애정은 가까이에 있는 존재를
아끼는 데에서 생겨난다.
그것은 때로는
미의식조차 바꿔 버리는
불공평한 편애이다.

일곱
번째
一

화가
날 때는…

나는
기분 전환을 하지 않는다.

기분 전환을 할 필요가 없을 정도로
밝고 행복한 사람이어서가 아니다.
대부분 항상
한없이 우울하다.

게다가 몸은 게으르고
머리로만 괜히 바빠서

벌렁 드러누워
쉴 새 없이 걱정을 해 대느라
몸만 편했지 마음 편할 날이 없다.

그렇게 살아서 뭐가 즐거우냐 싶겠지만
그게 즐거워서 그만두지 못 할 정도.
이러고 천년만년 살고 싶다.

기분 전환은 내 스스로 하는 거라고
생각하지 않는다.
알아서 찾아오는 거다.

예를 들면
우연히 서점에서 유익하고
똑똑해질 것 같은 책을 산다고 하자.

★ 멤버스 카드 포인트 / 독서 콘테스트

읽기 시작하고
나는 깜짝 놀랄 만큼 화가 나기
시작한다.
읽으면서 소리친다.
"사람이 부끄러운 줄을 알아야지,
부끄러운 줄을."

★ 예술적 관점 / 에서 보는 / ×합적합리적 / 주의 고찰 / 정가: 1200엔

너무 화가 나서
화가 난 부분에 표시를 한다.
읽기는 계속 읽는다.

★ (밑줄 친 부분) 범인(凡人)은 이해하지 못할 법도 하다 / 나 정도쯤 되면

다 읽으면
씩씩거리며 책을 내던지고
다시 서점에 가서 같은 저자의
다른 책을 사온다.

그 사람 책을
다 읽어 버린다.

물론 계속 화는 나는데,
화가 나서 있을 때는 스스로가
매우 멀쩡한 사람인 것 같은
기분이 들어 기운이 난다.

물론 마음에 드는 책을 만나면
아아, 글자를 읽을 수 있어 다행이야, 하고
따질 것 없이 행복해진다.

요전에 우체국에 들렀다가
예쁜 기념우표가
있어서 사 보았다.

★ 기념우표 판매 중 / 이번 해 무늬는 두 가지 종류에서 고르실 수 있습니다 / 우체국

그렇게 하나둘 사 모아
늘어놓고 보고 있으니
그 우표를 직접
써 보고 싶어지기에

시트를 조심조심 찢어
쓸 우표를 따로 떼어 냈다.

하지만 갑자기 편지를 보낼 만한 곳이
아무 데도 없어서
10년 넘게 만나지 못한
미국 사는 소꿉친구에게 편지를 썼다.

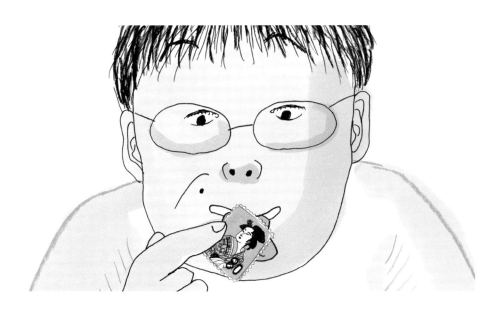

그리고 가장 예쁜 우표를 골라
할짝 핥아서 붙였다.

갑자기 편지를 받으면
깜짝 놀라겠지, 하고 생각하면서
같은 집에 사는
아들에게 편지를 써서

두 번째로 예쁜 우표를 골라
할짝 핥아서 붙였다.

그다음에는 일 때문에
써야 하는 엽서를 써서
가장 싫어하는 우표를 골라
할짝 핥아서 붙였다.

★ 도쿄도 ○구 ×△초 / 주식회사 / ○○출판

그리고 우체통에 집어넣고
또 기념우표를 신청하고 돌아왔다.

★ 우체국 / 우편

우표를 할짝 핥을 생각을 하면
기쁜 마음이 들어서
몸이 절로 벌떡 일어나진다.

하지만 이 '할짝'도
올 데까지 온 모양인지
어제는 나 자신에게 편지를 쓰고 말았다.

기다리고 있었던 내 편지를
오늘 빨간 스쿠터가
나에게 배달해 주었다.

우표 핥기가
질리더라도
괜찮다.

또 다른 하찮은 뭔가가
알아서 찾아와 줄 테니
사이좋게 그 손을 잡고
꿋꿋하게 살아가야지.

뒤엉킨 채로
무덤 속까지

젊음에는
잔인하고 둔감한 면이 있다.

나는 열아홉 살 때,
서른을 넘긴 사람을 보면
무슨 재미로 사는 걸까
생각했다.

그 열아홉 때 내가 열아홉 청춘을
충분히 만끽하며 살았었느냐 하면
사귀는 사람 한 명 없이 고독했다.

나는 이따금
빨려 들어가듯이
숙모 댁을 찾았다.

숙모 댁에는
핏줄로 이어진 한심한 사람들이
퍼져 앉아 있었다.

핏줄만이 아니었다.
근처 사는 아줌마들이 드륵드륵
부엌 문을 열고 들어와

며느리 욕을
몇 시간이나 해 댔다.

젊은 나는 꼴불견이라고,
"아들이 언제까지고
자기 소유물인 줄 아는 멍청한 여자"
라고 생각하면서도

"이쪽이 몸에 좋대요."
하면서 생선 꼬리를
먹이려 드는
며느리 이야기가
참 재미있었다.

"몸에 좋으면
아이를 줘야지, 하고
손자 생선이랑 바꿔 버렸지."
시어머니도 지지 않는다.

그로부터 10년이 지나고,
나는 뚜렷한 목적 없이
베를린에 살고 있었다.

이 무렵에도 나는
고독했다.

부엌에서 내다보이는 커다란 집에
하나뿐인 빨간 스탠드에 불을 켜 놓고
꼼짝도 하지 않는 노파를 보곤 했다.

노파는 대체 언제 식사를 하고
언제 자고 일어나는 건지 모를 정도로
한자리에 가만히 있었다.

우리 하숙집의 일흔 먹은 할머니는
밤이 되면 예스러운
플로어스탠드 아래에서

다 닳은 트럼프로 몇 시간이나
점을 쳤다. 일흔이 되었어도
점칠 미래가 있다는 듯이.

공원에 가면
벤치마다 노인들이 앉아 있었다.
그저 가만히 앉아 있었다.

긴 역사 속에서 인간에게
당연히 찾아오는 한 가지 미래로서
그 고독을 받아들이고 있는 거라고
나는 생각했다.

하지만 아무리 긴 역사와 습관이
스스로에게 투철하기를 가르치더라도
고독은 고독이었다.

끊으려야 끊을 수 없는
핏줄이라는 굴레 속에서 울고,
화내고, 지친 일본인.
하지만 그 핏줄 속에서 살아왔다.

지금,
일본인은 급격히 변화하는 가운데 있다.
위에서 아래로 이어져 온 핏줄을
우리는 개개인의 확립을 위해
끊으려 하고 있다.

그리고 개인이 되어도
인간은 혼자서는
살 수 없음을 알고
고독에 빠진다.

"남에게 폐를 주지도 말고,
받지도 말자."라는
근대 일본의 도덕을
다시 검토해 볼 때가 아닐까.

어쩔 수 없이 서로 폐를 주고 또 받고⋯⋯
이건 정신력과 체력,
경제력도 요구되는 큰일이지만

미워할 상대도 두지 않은
베를린 노파들의
고독을 떠올릴 때면,

이판사판이다, 인간관계 복잡하니
매듭이 어디 지어진지도 모르게
다 뒤엉킨 채로 무덤 속까지
함께 들어가고 싶다고 생각한다.

계단식 밭을
올라가면
나오는 집으로
시집갔다

큰어머니는 태어난 집에서 5분 거리의,
계단식 밭을 올라가면 나오는 집으로
시집갔다.

시집간 집에서
태어난 집의 지붕이며
감나무가 다 보였다.

잔소리 많고
귀 먹은 시어머니 수발을 들면서
열 명의 자식을 낳아 키웠다.

밭일을 싫어하는 남편이
마을 관공서에 다녔다.

밭일은 큰어머니가
묵묵히 해 나갔다.

나는 큰어머니가
방에 앉아 있는 것을 본
기억이 없다.

사촌 집에 놀러 가면
큰어머니는 흙 묻은 몸뻬 차림으로
늘 나를 향해 웃었다.
나는 큰어머니를 좋아했다.

사촌은 "아빠는
기분이 언짢으면
논에서 일하는 엄마를
논에 묻어 버려." 하고 말했다.

"화 안 내셔?"
"그냥 가만히 있어."

"큰엄마는 어떻게 해?"
"잠자코 돌아와서
몸을 씻어."

나에게는 큰아버지도
다정한 사람 같아서
상상이 되지 않았다.

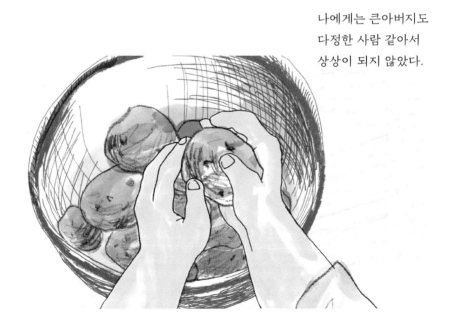

말년에 큰어머니는 뇌경색이 와서
5년이나 어린아이가 되어 지냈다.

큰어머니는 툇마루에 앉아
어렸을 적 부르던 노래를 불렀다.

또 큰어머니는 큰아버지에게
자기를 툇마루에서
발로 차서 떨어트리라고 시켰다.

차지 않으면
성을 냈기 때문에
큰아버지는 그렇게 했다.

마당에 굴러떨어지면
큰아버지에게 자기를 등에 업고
뒷산 신사에 가라고 했다.

돌계단을 꼭대기까지 올라가면
내려가라고 했다.

큰아버지는 "그럼, 그럼."
하고 내려갔다.
그러기를 되풀이했다.

밤에 잠을 잘 때면,
옆에 큰아버지를 눕히고
자기랑 같이
노래를 하라고 했다.
쉬지 말고 하라고 했다.

손을 잡고
흔들면서
노래를 하라고 했다.

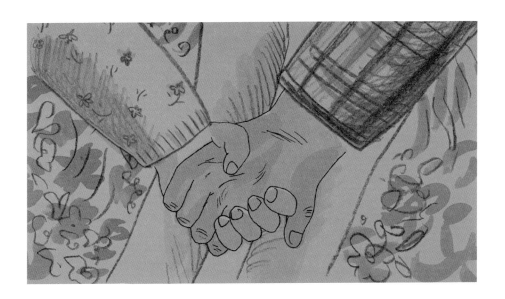

그리고 죽었다. 마을 사람들 모두가
큰아버지가 간병을 해온 5년간을 두고
"쉽게 할 수 있는 일이 아니다,
노부 씨는 성불했을 거야."
라고 말했다.

나는 큰어머니가 죽고
2주째에 큰아버지를 만났다.

큰아버지는 무덤에
꽃을 꽂고 선향을 올리며 나에게
"네 큰어미만큼 대단한 여자는
없었어."하고 말했다.

"나는 네 큰어미 간병을 하며
많은 것을 배웠단다.
힘들다는 생각은 하지 않았어.

진심으로 네 큰어미에게
감사하고 있단다."
나는 그 말을 듣고
사람의 일생을 관통하는
모순에 혼란을 느꼈다.

소박한 생활을 해 온 큰아버지가
다다른 경지가
나를 동요시켰다.

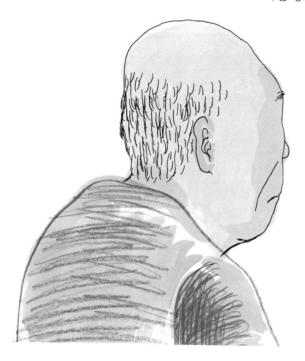

그로부터 5년이 지나고
큰아버지를 찾아가자

큰아버지는 큰어머니의
무덤을 청소한 후
금잔화를 장식하고
선향을 올리고 있었다.

무덤에서
큰어머니가 태어난 집 지붕과
감나무가 내다보였다.

수록 작품의 출전

『HUTSUU GA ERAI』(SHINCHOSHA)
「재능인가 봐」 / 「하하하, 내 마음이지」 / 「하느님은 위대해」

『KAMI MO HOTOKE MO ARIMASENU』(CHIKUMASHOBO)
「할 수 있습니다」
『어쩌면 좋아』(서커스)

『MONNDAI GA ARIMASU』(CHIKUMASHOBO)
「큰 눈, 작은 눈」
『문제가 있습니다』(샘터)

『WATASHI WA SOU WA OMOWANAI』(CHIKUMASHOBO)
「아, 이놈은 아빠가 닥스훈트예요」 / 「화가 날 때는…(원제「화가 날 때는 내가 멀쩡한 인간인 듯한 기분이 들어 힘이 솟는다」)」 / 「뒤엉킨 채로 무덤 속까지」 / 「계단식 밭을 올라가면 나오는 집으로 시집갔다」
『아니라고 말하는 게 뭐가 어때서』(을유문화사)